KB126843

시안황금알 시인선 3

첫 차

허형만 시집

시안황금알시인선 3

첫 차

초판인쇄일 | 2005년 9월 23일
초판발행일 | 2005년 9월 29일

지은이 | 허형만
편집인 | 오탁번
펴낸곳 | 도서출판 황금알
펴낸이 | 김영복

주 간 | 김영탁
편집실장 | 조경숙
표지디자인 | 칼라박스
주 소 | 서울시 중구 필동2가 124-11 2F
전 화 | 02)2275-9171
팩 스 | 02)2275-9172
이메일 | tibet21@hanmail.net
홈페이지 | http://goldegg21.com
출판등록 | 2003년 03월 26일(제10-2610호)

ⓒ2005 Heo Hyung Man & Gold Egg Pulishing Company Printed in Korea

값 6,000원

ISBN 89-91601-17-0-03810

시안황금알 시인선 3

첫 차

허형만 시집

황금알

이제 귀가 순해진 나이에 다다랐다.
열한 번째 시집이다.
먼 길 왔다. 열심히 살아 온 만큼
앞으로도 그렇게 살 일이다.
마음이 아늑하다.

2005년 가을
승달산 아래 지송시실에서
허형만

차 례

1부

2부

3부

4부

5부

1부

첫차

조숙조숙 조으는 사람들

눈송이와 개똥벌레처럼 아름다운

난쟁이 은하의 푸른 별들이여

석양

바닷가 횟집 유리창 너머
하루의 노동을 마친 태양이
키 작은 소나무 가지에
걸터앉아 잠시 쉬고 있다
그 모습을 본 한 사람이
"솔광이다!"
큰 소리를 지르는 바람에
좌중은 박장대소가 터졌다

더는 늙지 말자고
"이대로!"를 외치며 부딪치는
술잔 몇 순배 돈 후
다시 쳐다본 그 자리
키 작은 소나무도 벌겋게 취해 있었다
바닷물도 눈자위가 볼그족족했다

사랑論

　사랑이란 생각의 분량이다. 출렁이되 넘치지 않는 생각의 바다. 눈부신 생각의 산맥. 슬플 때 한없이 깊어지는 생각의 우물. 행복할 땐 꽃잎처럼 전율하는 생각의 나무. 사랑이란 비어있는 영혼을 채우는 것이다. 오늘도 저물녘 창가에 앉아 새 별을 기다리는 사람아. 새 별이 반짝이면 조용히 꿈꾸는 사람아.

시골 공소 돌담 아래

시골 공소 돌담 아래
한쪽 뿌리가 잘린 고욤나무
가슴에 받아
온몸으로 보듬고 앉아 있는
소나무 한 그루 있다

세상을 건너가다 보면
나도 누군가의 포근한
가슴이 되어주고 싶을 때가 있다
살면서 누군가의 따뜻한
눈물이 되어주고 싶을 때가 있다

가시연꽃

너에게 가는 길엔 언제나
청순한 방울소리가 짤랑거렸다
나의 노새는 지치지도 않고
주인을 위해 흥겨운 걸음을 뒤뚱거렸다

이 나이 되도록 촘촘히 가시만 돋은
내 영혼의 정수리를 뚫고
오, 오늘은 눈부신 붉은 꽃이 피었다

김현 선생을 찾아가

오늘도 향토문화관 뒤뜰에서
목포 앞바다만 바라보고 서있는
김현 선생을 찾아가
손수건을 꺼내 얼굴을 닦아준다
이마에 주름진 갯바람 몇 줄
귓볼에 걸려있는 파도소리 몇 줌
정성껏 닦아준다
어느 겨울날 목포에 와서
내 얼굴을 비비던 콧등이며
알도 없는 안경테까지 닦다가
희미한 거미줄 사이의 눈웃음만은
차마 닦지 못하고
나도 나란히 서서 목포 앞바다를
한참 동안이나 바라보았다

행복

지리산에 오르는 자는 안다
천왕봉에 올라서는
천왕봉을 볼 수 없다는 것을
천왕봉을 보려거든
제석봉이나 중봉에서만
또렷이 볼 수 있다는 것을
세상 살아가는 이치도 매한가지여서
오늘도 나는 모든 중심에서 한발 물러서
순해진 귀로 살아가고 있다.
그래서 행복해 하고 있다.

겨울 산에서

바름바름 절벽을 기어오르는
저 가냘픈 햇살 앞에
굼벵이처럼 날리는 눈발도
어찌 하지 못한다.

절벽처럼 깎아지른 세상
세월에 비겨댄 듯 비스듬히 서 있는
나무에 시린 손 문지르면
다사로운 체온이 햇살처럼 퍼져온다.

새벽을 오르며

나뭇잎 하나도 화들짝 놀라지 않도록
풀잎마다의 이슬도 뒤채지 않게
조심조심 새벽 숲 오르다

새벽엔 얼마만큼 숨소리를 죽여야 하는지
얼마만큼 몸을 낮추어야 하는지
나보다 더 잘 안다는 듯
길눈 밝은 바람 앞서가는 길 따르다

숲의 신성함으로
이마에 와 닿는 서늘한 우주의 손길을
서서히 눈치 채며 내가 배운 것은
세상을 살아가면서
그렇게 공손해야 한다는 것이다

흔적

이 밤도 잠 못 이루며
몸 뒤척거리는 사람이 있다

태양의 손 닮은 연잎은 겨자씨보다 작은 물방울 하나도
가슴에 품지 않는다 연잎은 물방울 하나까지도 온전히 제
갈 길을 내어주고 지나간 자리마저 아무런 흔적조차 남기지
않는데

사람만이 어쩐 일인지
건듯 부는 바람결에도 흔적을 만들며
스스로 아파한다

제비꽃

병아리꽃, 장수꽃, 시름꽃이 제비꽃인 거 아세요?

자그마한 제비꽃에도 꿀과 향기가 있는 거 아세요?

벌 나비 떨리는 눈빛으로 찾아드는 제비꽃 꽃말이 '나를 생각하셔요' 인 것도 아세요?

햇봄이면 어김없이 내 마음 둔덕 양지쪽에서 꽃을 피우는 보랏빛 그리움 하나.

길

14번 버스는
어머니에게로 가는 가슴 뛰는 길이다
오늘도
삼십분은 족히 기다려 탄 14번 버스
어머니에게 닿는 한 시간이
번득이는 나뭇잎처럼 황홀하다
채마밭머리에서 어머니! 부르면
고구마 줄기처럼 땅에 박힌 얼굴이
낮달 떠오르듯
아련히 솟아오르는 어머니
비녀머리 위로 푸른 하늘 더욱 푸르다

풍경

정일근은 절간 토담 기왓장 무늬를 찍고
나태주는 먼 산 바라보는 사람을 찍고 있었다
그 후 달포쯤 뒤 다시 가보니
기왓장 무늬는 온데 간데 없고
절간 토담 그 자리에
울산 앞바다 석양이 비스듬히 박혀 있었다
그 석양을 배경으로
우두커니 먼 산 바라보고 서 있는
슬픈 표정의 못난 사내 하나

기호에 대하여

오늘 잠깐이지만 후배 교수 때문에 화를 냈던 나여. 어리석었음이여. '화'라는 기호에 져 피를 흘린 나의 정신. 한번 피 흘린 상처가 아물기까지는 지구 양극의 얼음이란 얼음이 모두 녹아야 한다. 녹은 얼음은 흘러 흘러 바다로 가 육지를 생채기 낼 것이다. 생각만 해도 몸서리쳐지는 '화'라는 상징의 기호여.

사람도 풍경이다

세상은 풍경으로 가득차 있다. 다만 풍경의 깊이와 넓이를 헤아리지 못할 뿐. 그 깊이가 슬픔이고 그 넓이가 그리움이란 걸 깨닫지 못할 뿐.

순간, 피가 식어버린 듯 온몸이 한기로 떨린 적이 있었다. 신원사 중악단 한가운데서였다. 나뭇잎들이 마저 떨어지지 않기 위해 몸살을 앓던 초겨울 계룡산은 나를 자꾸만 풍경 안으로 끄집어들이고 있었다.

절 입구의 회화나무에 매달린 염주열매가 러시아 알타이 엘란가쉬 계곡의 암각화처럼 보였다. 찬바람이 늙은 풀잎 위에서 뒹군다. 풍경 소리 대신 눈 뜨지 못한 외로운 영혼들이 계곡을 타고 오르는 소리가 들렸다.

주막의 막걸리 한 잔 두부 한 점에 목이 메이는 이유를 저 물안개는 안다. 사람도 풍경이기 때문이다.

산 속에서는 나도

나무로 서서
온몸으로 우주와 내통해보지만
산딸나무처럼
하이얀 꽃 한 송이 피우지 못하고
멍석딸기처럼
곰붉은 열매도 맺어보지 못하고
그래, 산 속에서는 나도
어쩔 수 없네
욜그랑살그랑 산안개에 녹아들 수밖에.

청미래덩굴

새만금 꽃발게를 살리자고
망둥이, 애기모시조기도 살리자고
삼배일보로
두 발 온통 짓물러진
혜성스님이 돌아오신 날
빗발은 니일니일 흔들렸습니다
붓꽃인 양 다붓하게 들어앉은 산사
스님 전화 연락 받고
마악 돌아 들어가려는데
새만금 등줄기처럼 싱싱한
청미래덩굴이 저만치 나보다 앞서
일주문도 없는 절간 돌자갈 길
퍼런 속살 드러낸 채
삼배일보로 기어들고 있었습니다

나무 한 그루 죽어

나무 한 그루 죽어
밑둥 언저리 삥 돌려
소복히 흙무덤 만들고 있다
대명천지 살아 있는 자여
함부로 생명을 희롱할 일 아니다
이 나무도 한 생을 부리기까지
푸른 영혼 불 밝히며
마른 삭정이 뼛속 아리도록
온갖 벌레들 먹여 살렸느니
쿵쿵쿵 우주의 뜨거운 숨결도
꼬옥 품어 안았었느니

여린 봄날

햇살도 적당히 입맛 돋구는
여린 봄날 쌍계사 오르는 길목
젖먹이 마악 앞니 돋아나듯
굴참나무 가지마다 옹알옹알 매달린
새순들 자박자박 걸어와
손가락으로 콧속을 쑤시는 놈, 귓불을
간질이는 놈, 신기한 듯
안경을 함부로 벗기려는 놈,
목덜미를 타고 기어오르는 놈
오매, 요 이쁜 것들! 둥기둥기
영화 서편제에서처럼
훠이훠이 두 팔 벌리고
쌍계사 일주문 넘어가는 길
오늘은 부처님도 저만치 대웅전 앞
돌계단에 내려 서서 환한 웃으심으로
오매, 요 이쁜 것들!
오매, 요 이쁜 것들!
두 팔 벌려 품에 안기길
기다리는 여린 봄날.

2부

생명

가슴이 더워온다
우주 어느 곳에서
꽃 한 송이 마악 피어나고 있나보다

백담사 가는 길

찔레꽃머리
아득히 흐르는 구름
먼산에 우렷하게 걸리고
구룡동천 계곡 아삼삼한
강대소나무 한 그루 미륵불로 서서
어서 오너라 환한 웃으심 보이십니다
여기서 백담사는 얼마나 남았지요
묻는 내 속마음 다 안다는 듯
애기똥풀 꿀을 빨던 모시나비
모시진솔 펄럭이며
저만치 앞서 날아갑니다
굽깊은 산 물소리도
넌출넌출 따라갑니다

나무 소 한 마리

밟는 것도 미안해하며
소나무 숲길을 간다

하늘로 오르는 길
보이지 않고

가까운 듯 귀맛 돋는
푸른 물소리

솔잎 바람결에 쏠리는
소나무 숲길

나무 소 한 마리
저만치 가물가물 걸어간다

한낮

바람도 없는데
능소화 진다

톡, 부러질 줄 아는
목숨도 있나니

땅은 저리 부드럽고
꽃잎 또한 상한 데 없고

어찌하리 이 한낮
바람도 없는데

또 진다 저 능소화
누군가 내 안부를 묻는다

달마와 개구리

연잎 위에서
달마가 오수를 즐기신다
그 모습을 보고 있던
개구리 한 마리
달마 하얀 머리 위로
뛰어 오른다
깨어난 달마가 머리를 흔드신다
개구리 물속으로 퐁당 빠진다
연잎 위 달마
다시 오수에 젖으신다
개구리 물 속에서 나와
이번엔 잠든 달마 발가락을 살며시 문다
깨어난 달마
개구리를 멀리 뿌리치신다
연잎 위 달마
다시 오수에 잠기신다
개구리?
달마 하얀 머리 위로
뛰어 오른다

무지개

한 차례 소나기
노둣돌 밟듯
훌쩍 세상을 건너 간 뒤
아랫녘 강이
윗녘 네 번째 산모롱의 손가락에
찬연한 반지를 끼우고 있다
우주는 지금
혼례잔치로 환하다

한지+수묵+담채 162×132cm
– 임농(林農), '송광사의 아침'

아침이라고는 하나
산문을 채 빠져나가지 못한 안개가
충충나무 무량층에 걸터앉아
조계산 등성이를 마악 건너온
넋새 한 마리 밤이슬 젖은 머리
쓰다듬어주고 있다 그려 그려
고생했네 고생했네
삭신도 내려놓으면 홀연
이 아침처럼 화엄이 보일 터
노스님 예불 소리에
처마 끝 풍경이 운다, 울어
깨끗해지는 한 생애여
무성한 시간의 수풀 사이로
나도 돌아갈 길이 보이는 듯

어둠 빗속 저 너머

바람 불고 빗물
두들기는 창을 열다
후줄근히 젖은 잡목숲
적막하다 내 그리움
깊은 시름 물안개에 실려
계곡을 흐르는 게 희미하게 보이다
새들은 다 어디로 갔을까
촉촉이 젖은 추억 하나
살대 부러진 우산에 지탱하며
힘겹게 다가오는
어둠 빗속 저 너머

때론 날짜도

때론 날짜도 잊고사는 법
오늘이 며칠이지 달력을 보니
아직도 1월, 아하
때론 세월도 거스르며 사는 법
6월 중순에 1월이라니,
온몸에 닭살처럼 으스스
한기가 돈는데
문득, 고향으로 가는 길이
나의 의식을 팽팽하게 끌어당기다

오목눈이

서서히 어둠 하나

드러눕는 순천만

한겨울 바람에

쥬루룩 쥬루룩

낮은 소리로

몸 흔드는 갈대 끝

오목눈이 한 마리

우리는 애인처럼

오래오래 눈 맞추다

立秋

한여름 무더위가 깊어갈수록 매미 울음소리도 더욱 사나워졌다 전문가들은 매미의 생존방식이라 했다 내 생각엔 그 소리 듣는 사람들의 세상살이가 더 팍팍해진 탓이리라 천둥과 번개를 동반한 소나기 한바탕 훑고 지나간다 젖은 길 위로 그림자 촉촉한 사람들 발걸음이 한결 보들보들해졌다 매미 울음소리도 훨씬 부드러워지리라 가을은 그렇게 지상을 쓸며 길을 내어 오고 있는 중이리라

얼굴을 묻고

시가 돌아오지 않는 날
눈발은 날리고
나는 얼굴을 묻고 울음 운다
요즘 시인들은 도가 터 가는데
기다려도 기다려도
내 득음의 시는 오지 않고
천지에 눈만 쌓여가고
나는 얼굴을 묻고
울음 운다

아름다운 춤

고천암호에 석양이 오면
수십 만 가창오리떼 날아오른다
미처 날지 못한 흑두리미나 흰뺨검둥오리들도
뻘밭에 머릴 처박던 갈대들도
일제히 날아오르는 소리에 놀라 우러러보며
참 아름다운 춤이라 감탄한다
먼길 떠났다 돌아오시던 하느님도
이 광경에 두 눈이 휘둥그래지며
그래 참 아름다운 춤이로고 감탄하고 있다

벌레

그 공원 긴 의자에 송충이 세 마리가 앞서거니 뒷서거니
부지런히 기어가고 있었다 의자의 길이는 그들의 우주였다
내 눈에는 기어가는 것으로 보이지만 아마도 그들은 뛰어
가거나 달려가고 있는지도 모를 일이었다 혹은 솔잎 사이
로 흘러내리는 햇살을 받으며 서서히 산보하고 있는지도
모를 일이지만 아무튼 꼭 그 의자 안에서만 오거니 가거니
참으로 열심인 송충이들이 그토록 아름다워 보이긴 살다가
처음이었다

허리를 구부린다

여든 여섯 해 동안
턱 한번 꼿꼿이 세운 법 없이
평생을 호미질만 하시던
어머니 허리가
오늘은 절반으로 꺾이셨다
함께 손잡고 걷는 아들
허리를 구부리고 우러러 뵌다
환갑이 되어서야 구부려지는 허리
그렇구나 구부릴 수만 있다면
구부릴 수 있는 데까지 구부리겠다
온몸을 말아서 공처럼 둥글어지겠다
그리하여 마침내 당신의
영혼의 문 앞에 당도할 수만 있다면

날이 흐리고

  날이 흐리고 비가 올 모양이다 날이 흐리고 날벌레 낮게 점점 더 낮게 난다 무릎뼈를 어루만지는 중년의 사내 오리木 숲을 빠져 나온다 그 뒤로 미세한 햇살의 실핏줄도 따라 나오고 살결이 까실까실한 오리木 이파리들도 몇 닢 따라 나와 힘겹게 허공을 날아오른다 날이 흐리고 세상의 꿈 무겁게 주저앉는다 비가 가까이 다가선 모양이다

기와 버섯

소설 태백산맥에 등장하는
벌교 부잣집 허문 터에서
백년 된 기와 한 장 주워와
서재 한 켠에 모셨더니
푸르딩딩 모질게 뿌리박은
기와 버섯이
오늘도 내 미혹의 시간을
함께 견디며
목숨이란 꿈을 먹는 거라고
그래, 꿈을 먹는 건
오직 목숨 뿐이라고 가르치시나니

비바람 치는 날

늙은 소나무가
진대나무를 껴안고 서럽게 울고 있다

나를 가슴에 품고 있던
굼깊은 산도 따라 쩌렁쩌렁 울고 있다

눈에 밟히는 그대여
청산에 얼굴 묻고 울어주는 그대여

3부

■ 시인의 얼굴과 육필

배롱나무 부처

허 형 만

송광사 대웅전 앞에
배롱나무 한 그루
너른하게 꽃피우고 있었다

마뜻한 절간
눈맞니는 붉은 꽃송어리마다
술렁이는 꽃빛 발에
대웅전 부처님은 낯꽃 피고
나는 꽃멀미로 어지러웠다

밤그늘이 조계산 기슭을
바듬바듬 기어내려올 때쯤에야
이곳에서는 배롱나무가 부처였음을
겨우 깨달을 수 있었다

4부

승달산 숲길

산이라고 다 산이 아니어서
전라남도 무안군
승달산을 아는 자는
산을 오른다 하지 않고
산의 품에 안긴다 말한다
그 말은 맞다 그래서일까
내가 아는 승달산도
그리운 사람 그리워하듯
날마다 나를 끌어들여
자신의 숲길을 조용히 걷게 하는데
그때마다 늘 풋풋한 손길
꼬옥 잡고 함께 걷곤 하는 것인데
법천사 처마 끝 풍경소리
적요로 통하는 길 안다는 듯
우리 앞길 저만치서 손짓도 하는 것인데
숲이라고 다 숲이 아니어서
승달산 숲길은
그렇게 더불어 살아가는 법을
부처님도 눈치 못 채게

가난한 시인의 정수리에
한 됫박이나 퍼붓곤 하는 것인데

배롱나무 부처

송광사 대웅전 앞에
배롱나무 한 그루
너른하게 꽃피우고 있었다

다붓한 절간
눈맛나는 붉은 꽃숭어리마다
술렁이는 꽃빛발에
대웅전 부처님은 낮꽃 피고
나는 꽃멀미로 어지러웠다

밤그늘이 조계산 기슭을
바름바름 기어내려올 때쯤에야
이곳에서는 배롱나무가 부처였음을
겨우 깨달을 수 있었다

별

열린 문으로
점모시나비 한 마리 들어와
책상 앞에 살포시 앉네
5만년이 지나면
보이지 않을
거문고자리의 별이여
내 눈이 황홀해
그만
읽던 책 덮네

문득 드는 생각

베란다 창 틈으로
나를 지긋이 바라보며
그냥 웃기만 하는
적송 한 그루와 마주 할 때마다
나의 시는
왜 이리 더디 찾아오는지
하는, 생각이
문득 들곤 하는 것인데
그 문득 드는 생각으로
적송보다 내 낯바닥이 더
후끈후끈 달아오르기도 하는 것인데

적요

장맛비가
잠깐 숨을 돌린 사이

햇살이
스러진 으아리 꽃잎을
조심스레 어루만지고 있습니다

바람도 멎고

우주는 지금
스르르
눈이 감겨지고 있습니다

갯벌에 서면

– 박석규 화백

살아 숨쉬는 목숨은 처절하다
처절한 목숨의 무게여
우주의 저 깊은 뼛속으로부터
솟아오른 갯내음 출렁이는
갯벌에 서면 더욱 실감난다
짱뚱어도 농게도 낙지도
사람처럼 사람과 함께
숨쉬며 파닥거리며 꼬물거리듯
갯벌처럼 끈끈한 화가의 생애 또한
얼마나 처절한 것인지
갯바람보다 독한 그 비릿하고 처절함이
갯벌에 서면 더더욱 실감난다
우리 시대의 화가여
가슴 아리는 영혼의 깊이여
살아 숨쉬는 목숨은 참으로 눈물겹다

가는 길

이제부터는 그냥
웃기만 하기로 했다
실성했다 해도
허파에 바람 들었다 해도
이제부터는 그냥
웃기만 하기로 했다
내 가는 길
훤히 트이어 잘 보이므로

깃털

아파트 쉼터에 술패랭이 꽃잎만한 연한 자줏빛 깃털 하나. 어느 새가 이곳에서 잠시 쉬었다 갔는지, 아님 이곳을 지나가다 떨구었는지 알 수 없지만, 한 가지 분명한 건 깃털은 살아 있음의 상징이었다. 생명이면 갖고 있는 애절한 흐느낌, 깃털은 그렇게 서서히 나의 발 밑까지 와서 은근히 올려다 보고 있었다.

전생에 새였던 내가 깃털을 만나러 왔는지, 전생에 나였던 깃털이 잃었던 분신을 찾으러 왔는지, 잠시 혼돈의 시간에 갇히운 동안 살랑거리던 바람이 서서히 솟구치기 시작했다. 아파트 뒷산에서 잡목림의 잎새들이 휩쓸리는 소리가 들리는 듯했다. 20층 위로 술렁거리며 일어서는 구름떼. 어디선가 탁, 타닥, 탁, 울림이 심상치 않았다. 뛰었다. 103동 입구에서 멈추고 쉼터쪽을 바라보았다.

빗줄기에 가려 깃털은 보이지 않았다. 그 후 내 몸이 시름시름 아프기 시작했다.

신호를 찾는 중입니다

　오늘도 나는 당신에게 가까이 가보려고 안간힘을 쓰지만 신호가 잡히지 않습니다. 千의 안테나도 부족하여 또다시 千의 안테나를 새로이 달고 애타게 당신이 계신 곳으로 방향을 조절해보지만 터널만 들어가면 끊어지고 마는 고속버스 TV처럼 신호는 먹통입니다. 오늘도 나의 심장은 신호를 찾는 중입니다. 생각이 심장에서 살고 있기 때문입니다.

拂子

오랜만에 창문을 열고 대청소를 하다

틈새마다 바상바상하게 가라앉은 삶의 흔적들
먼지털이로 살풋살풋 조심스레 털어낸 후

마지막으로 먼지털이 拂子 삼아
내 마음 속 먼지까지 구석구석 털어내고 나니

오랜만에 창밖으로 산내리바람 소리 한번 시원하다

뒷산

아파트 단지의 뒷산은
언제나 聖者의 모습이다.

아침, 미사를 알리는 종소리처럼
새들의 맑은 목소리가 울려 퍼지면
집집마다 닫았던 창문을 열고
축복의 하루를 맞이한다

뒷산의 신성한 기운으로
사람도 신성해지는 듯
아파트 단지가 환히 빛나 보인다

봄날

내가 그곳에 다다른 날은
나를 기다리다 지친
꽃잎들이 나보다 먼저 훠이훠이
떠나가고 있었다
나보다 먼저 온 삶이라고
한사코 나보다 먼저
떠나가는 법은 없거늘
이리 기다려주지 않는 삶도 있음을
이 나이에사 새록새록 깨닫다니.

내장, 참 푸르다

온몸을 불사른 다음에야
저리 푸르를 수 있음을
봄, 내장산에 와서 보았다
누가 단풍만 곱다 하는가
우주가 숨쉬는 소리로
귀 밝아오는 봄날 아침 내장
참 푸르다.

耳順의 한낮
– 황오연 형에게

무르익은 봄 햇발이 탱탱하다
세월도 어쩌지 못하는
희끗희끗한 머릿결이
은은하게 보여지는 나이,
이런 날 귀가 한결 더 밝아짐은
순전히 하늘 뜻이다
점심 한 끼 먹지 않았는데도
되려 정신이 맑아지는
耳順의 한낮
한 삶을 사는 게
이렇게 가벼울 수도 있다
우주는 지금 적멸공양 중이다

섬

섬은 본디
새들이 지친 육신 쉬어 가는 곳이지
새와 산이 한 몸인
섬 島자가 그걸 증명하지

섬에 와서
오늘은 나도 새가 되었구나
뭍에서 지친 몸 쉬어 가는구나

산행의 이유

　어느 해 여름, 하산길에 들른 절 마당에서 온몸으로 풍경 소리를 내고 있는 보리수 그늘에서 쉬고 있노라니 마침 노스님 한 분 산 그림자처럼 스쳐 지나가시다. 조용히 일어서 스님 뒤를 밟다가 그만 스님을 놓쳐버리고 부처사촌나비 뒤만 따르다. 그런 일이 있던 뒤로 나는 또다시 틈만 나면 그 스님을 찾아 이 산 저 산을 헤매다.

夏安居

나도 이젠 홀로다, 이 나이에.
언제라고 목숨 건 사랑 한번 있었던가.
저 미치게 푸르른 하늘도 눈에 묻고
살결 고운 강물도 귓속에 닫은 채
시간의 토굴 속에 가부좌 튼다.
내 살아온 긴 그림자 우련하거니,
누구를 만났던 기억은 더욱 가뭇하거니,
아직도 무슨 미련 그리도 짙어
설풋설풋 서러워지느냐, 울고 싶어지느냐.
알고보면 인연이란 참으로 깊은 우물과 같은 것,
평생을 누추한 내 안에서
우물을 파며 살아온 햇살이며 별들까지
목구멍에 손가락 쑤셔넣어 다 토해놓고
나도 이젠 홀로다, 이 나이에.

쓸쓸한 겨울 초저녁

사랑하는 사람을 꼬옥 품고 있던 바다가 스르르 두 손을 풀고 떠나간 자리로 흰 눈이 내려 녹는다. 녹는 눈 위로 매끈한 다리의 적갈빛 물새 두 마리, 수평에 걸려 넘어지는 파도를 물끄러미 바라보고 있다.

이처럼 멀리 왔으니 또 다시 떠나야 하리라 예감은 비단 나만이 아닐 터. 쓸쓸한 겨울 초저녁 저 바다가 다시 되돌아오기까지, 저 물새가 본향을 찾아 다시 날아가기까지, 지구는 어디에서나 멀고 멀다. 여전히 흰 눈은 쓸쓸히 흔들리며 내리고 먼 길 고단한 생을 누이듯 녹아 스며든다.

컵라면을 먹으며

　일요일의 연구실은 적막강산이다 밀린 원고는 더디고 장맛비는 닫힌 창문 앞에서 잿빛이다 점심으로 먹는 면발이 피곤한 듯 힘없이 끊긴다 당근 같지도 않은 당근 조각이 벌건 국물 속에서 허우적이는 꼴이라니! 내게도 저런 한 生이 있었느니라 나무 젓가락으로 꼬옥 집는다 이런 날 혼자 먹는 라면은 차라리 비애다 비록 부르터 씹는 맛이야 없지만 지금은 神보다 허기진 배부터 달랠 일이다 파 같지도 않은 파조각이 벌건 국물 속에서 버둥대는 꼴이라니! 내게도 저런 한 生이 있었느니라 나무 젓가락으로 꼬옥 집는다

시는 사기다?

오늘 3교시 수업시간에, 현장 비평가가 뽑았다는, 올해의 좋은 시를 읽혔다. 학생들 왈, 시시비비, 어떤 시는 시고 어떤 시는 비시란다. 꿈보다 해몽이 좋다고, 시보다 해설이 죽여 준단다. 나는, 시는 사기다!라고 말했다. 가, 곧 정정했다. 시즉비시요 비시즉시이니, 시는 사기가 아니다. 라고, 시는 사기 너머 가지 끝 우듬지에서 묘하게 눈꼬리 치켜 뜬 까마귀 같은 녀석이라고, 점잖게 정정했다. 늦가을 빗줄기가 강의실 창을 때리며 참말로 까마귀 울음소리를 냈다. 시는 사기다! 시는 사기다! 붉은 띠 두른 한 무리 까마귀떼가 구호를 외치며 우우우 몰려가는 것이 보였다.

5부

절정

– 이육사 시인을 기리며

장춘에서 하얼빈
하얼빈에서 길림 가는 길
춘사월 살구꽃 흐드러진
만주 벌판에
때아닌 눈발 퍼붓습니다

매운 계절의 채찍은
아직도 이렇게
칼바람 함께 눈발로 다가와
나 또한
그날의 절정을 맛보게 합니다
올 봄의 여행은 그렇게
오직 한 시인
당신만을 생각하게 했습니다

나비

張家界
십리협곡을 걷다가

우연히 만난 나비
한 마리

이 생명이
어디서 오셨는고!

혹 떠나실까 봐
마음을 멈추니

사람이 모두
꽃으로 보이기 시작하다

隕石을 어루만지며

　함께 있다는 것. 吉林省 운석박물관에서 8백 만년 전에 길을 잃은 별 하나 어루만지며, 함께 있다는 것이 이토록 짜릿한 걸 잊고 살았다. 사랑하는 당신, 지금 나의 손 바닥에 신호를 보내고 있는 이 우주의 박동소리처럼 나도 당신의 심장 속에 별로 박히고 싶다.

파도보다 먼저 흔들린다

옌타이에서 다롄으로 가는 배가 파도보다 먼저 흔들린다. 출항 후 세 시간이 지나니 치솟는 멀미. 불에 담금질된 쌍골죽 온몸의 진을 토해내듯 변기에 머릴 처박고 토하고 또 토하며 파도보다 먼저 내가 흔들린다. 쌍골죽은 토해내면 대금으로나 환생하지만, 이 몸은 토해내고 나니 마침내 숨 죽은 시래기가 되었구나. 세상에서 세상으로 건너가는 일이 쉬익! 바람소리인 줄만 알았다가 오늘처럼 이렇게 죽을 맛인 줄 새삼스레 다시금 깨닫는구나.

건포도를 씹으며

피부도 부드러운 말랑말랑한 건포도를 씹으며 투르판 햇살의 알몸을 떠올린다. 투르판은 위구르어로 움푹 파인 땅. 햇살은 잘 익어 있고 포근했었지. 지금도 불길이 타오르고 있을 화염산 가까이서 그 불길로 익어가는 포도송이들. 뜨거운 사막 밑바닥에서 솟구친 지하수로 살찌운 포도가 다시 햇살에 익혀진 맑은 피부. 그날 밤 위구르족이 들려준 노래는 쫄깃쫄깃했다. 건포도 맛처럼 달콤했다. 알몸의 위구르 어린아이 형형한 눈망울. 우리는 더 이상 남남일 수 없었다. 내 품에 안긴 그 아이의 입냄새가 향그러웠다. 투르판 산 건포도 맛 그대로였다.

옌타이의 달빛
− 상만 형께

  옌타이의 달빛은 그리움을 익히기에 알맞습니다. 한낮의 따가운 햇볕이 포도를 검푸르게 익히우듯 온갖 고독이 함께 익어가는 곳, 옌타이에서 한 생애의 그리움이 적당히 익어갑니다.

  한 삶이 얼마나 아름다울 수 있는가는 오늘처럼 밤바다에 나와보면 압니다. 밀려오는 파도가 내뿜는 저 달빛의 향기, 적당히 숙성된 그리움의 맛이야말로 한 생의 절정을 의미합니다. 그 절정에서 꺾이우지 않는 파도의 힘을 당신은 닮았습니다. 우리가 어렸을 적 사슴처럼 함께 뛰놀던 조례에서의 달빛이 오늘 옌타이의 밤바다에서 하이얀 물안개로 녹아 흐릅니다.

  달빛은 파도 속에 녹고 사람들은 저마다 외로움 속에 익어갑니다. 참으로 옌타이의 달빛은 그리움을 익히기에 알맞습니다.

전갈튀김을 먹으며

옌타이와 가까운 치샤의 식당에서
전갈튀김을 먹었다

천수관음은 물론
천수관음보다 더 많은 손을 가진 태양도

한번 튀겨진 전갈을 다시
황도십이궁 천칭자리 동쪽에 올려놓지 못했다

꼬리에 독을 숨긴 동물
나의 입 안에서 독침까지 가볍게 녹으며

까딱하면 한 생애가 그렇게
누구에겐가 씹힐 수 있음을 새삼스레 깨우쳐 주었다

니 하오

내가 중국어를 배우면서 제일 좋아하게 된 말이 '니 하오' 다.

새벽 다섯시, 눈을 뜨자마자 머리맡의 십자가를 향해 성호를 긋고 하는 말, 니 하오. 사진 속의 가족들을 향해 손 흔들며 니 하오. 쌀을 씻기 전에 쌀을 바라보며 니 하오. 출근길 미국인 교수, 일본인 유학생에게도 니 하오. 백양목 이파리에게, 펄럭이는 오성기에게, 공장 굴뚝에게도 모두 모두 니 하오.

내가 내 안에 갇히지 않게 된 건 순전히 '니 하오' 라는 인사말이 있어서다. 세상의 눈으로는 보이지 않던 바람의 빛깔도 '니 하오' 인사하면 손등의 핏줄처럼 훤히 보인다. '니 하오' 라는 마치 햇살 고운 아침 겨울 바다같은 이 청정한 언어의 속내를 나는 중국에 살면서 알아챘다.

해변을 거닐며

그리움도 적당히 익으니 뻣뻣했던 정신까지 노글노글해진다. 구름을 뚫고 하늘로 오르거나 속세를 떠나 초탈하면 능운이라 했던가. 오늘처럼 숙성된 그리움의 맛을 알려면 역시 이렇게 혼자여야 하는 것을.

옌타이의 해풍은 가거도보다 훨씬 부드럽다. 때로 달빛이 파도에 빨려드는 어둑한 밤이면 알 수 없는 짐승 울음소리로 창을 뒤흔들기도 하지만, 그래서 역시 혼자는 외로운 거라며 잠을 이루지 못하게 하기도 하지만, 그러나 대체로 옌타이의 바다는 나그네를 자기 앞에 불러 세울만큼 부드럽다.

해변은 늘 내 안의 나를 끄집어 내어 부드러운 해풍에 널어놓길 좋아한다. 마치 적당히 익은 그리움의 맛이 혀끝에서 녹아 흐르기를 기다리기라도 하듯이.

파리의 밤

불 밝힌 에펠탑을 오르다가
이 에펠탑 백여 개를 압축하면
볼펜 끝 구슬만한 물질이 된다는
글을 떠올리며
밤 하늘의 별을 우러러보았다
반지름이 10km정도로 쪼그라드는
최후의 별도 있다지만
우주의 먼지인 나의 눈에는
모두가 하롱하롱 빛나 보였다
에펠탑에서 내려와
수국꽃처럼 슬퍼보이는 카페
문 앞에 앉아 커피를 시켰다
중성자 별에서는 10억 톤이나 된다는
찻숟가락에 고봉으로 앉은 설탕을
커피에 넣고 휘저으며
이 커피 마시고 난 뒤
내 몸이 어마어마하게 폭발하여
우주공간 속으로 날아가지 않을까 염려했다

그날 밤 나는
가출한 궁수자리의 별이었다

송화강

말로만 들었던
송화강에서 뱃놀이 하다
물버들 난창난창
먼산주름 넌출넌출
평소 때글때글한 중국 말도
물너울처럼 보드랍게 들리는
송화강 뱃전을
물새 한 마리
자울자울 졸며 스쳐가다

순식간에

옌타이 해변을 거닐다. 순식간에, 갯바람이 밀어올린 해
미가 내 앞에 당도하다. 천지를 분간하기 어렵고 더 나아가
기도 버거워지다. 순식간에, 혼자라는 걸 깨달았을 때. 오,
가슴 뛰는 무서움증이라니! 순식간에, 두 발을 붙잡은 파도
가 바짓가랑이로 기어올랐을 때. 오, 화들짝 놀라움이라니!

해미가 걷히기만을 기다리며 계속 걷기를 포기하다. 퍼
드득 튀어오르는 물살로부터 서너걸음 뒤로 물러앉다. 어
디선가 놀소리 같은 물새 울음 면면히 들려오다. 순식간에,
내 의식의 어느 창고에서 빠져나왔는지. 오, 시커먼 외로움
이라니! 순식간에, 복부냉증이 재발했는지, 오, 설사끼 같
은 당신 생각이라니!

石島에서

이 곳에선 신라인
장보고를 아는 사람이 없다
그러니 장보고를 찾으려면
장보고를 묻지마라
장보고를 아는 사람은 없고
법화원을 아느냐 물어야
비로소 장보고를 만날 수 있느니
장보고가 세웠다는
赤山 法華院
나도 NO. 0012534번째 손님으로
석가여래 옆 그림 속
신라인 장보고를 가까스로 만났느니.

알라디 마을

吉林의 변두리, 언덕 아래
조선족 하잔한 마을
살피꽃밭 가득 살살이꽃
올그랑살그랑 흔들리고 있었습니다.
마을 촌장과 어울려
장국에 술 몇잔 알키할 즈음
낯선 손님 반가운지
울타리 사이 들깨꽃도 버드쟁이나물도
이윽한 눈빛으로 나를 바라보고 있었습니다.

사막을 위하여

　지도 한 장 없이 무작정 따라 나선 길이었다. 섬서성에서 감숙성 그리고 신강 위구르자치구까지. 한여름 소금끼 어린 땀방울이 모래바닥에 코를 박을 때마다 파미르 설봉 만년설은 그만큼씩 녹아 흐르는 듯 싶었다. 지난 빙하시대 이후 지구는 계속 성장 해왔다는 과학자들의 말을 나는 모른다. 쿵쿵쿵 눈을 뒤집어 쓴 천산산맥이 내뿜는 숨소리에 질려 있을 뿐. 오래 전 이 실크로드를 따라갔던 사람들은 지금쯤 이 모래 속 얼마만큼의 깊이에서 미라로 누워 있을까. 가시 돋친 낙타풀이 초원을 갈망했을 낙타들의 눈빛처럼 붉은 꽃을 매달았다. 거대한 태양의 끝에는 손이 있다. 건듯 바람이 불고 모래가 쏠리고, 내가 화가라면 나도 바람 끝에 눈부신 손을 그렸을 것 같다.

한밤의 포도주

한밤 시테섬의 노틀담 사원 정면에 있는 제로 포인트에서 우리 일행은 프랑스산 포도주를 병채 나발 불었네. 모파상과 보들레르의 묘비에 꽃다발을 바치고 돌아온 뒷끝이었네. 김필영 교수는 우리를 파리 시내의 음유시인 집으로 안내했네. 시인은 알아듣지도 못하는 시를 밤새 읊었네. 내 일생동안 마실 포도주는 아마 그날 밤 다 마셨을거네. 다음날 파리의 거리는 코끝에서 온통 포도 내음으로 진동했었네.

퐁네프 다리 위에서

센강에서 올라오는 밤바람 맛이
혀끝에서 상큼하다
물살이 밀고가는 바람결
저 순수의 노동!

뤼순 가는 길

    어느 곳을 가나 농촌의 겨울은 수채화처럼 번지는 햇살로 고즈넉하다. 뤼순 가는 길도 다를 바 없어 농가의 대문마다 거꾸로 붙여진 福 자 한 쪽 귀퉁이 너풀거리는 종이 사이로 나어린 햇살들이 숨바꼭질하듯 들락거리고 오래된 성싶은 과수원의 나무 위에서 젊은 부부가 가지치기를 하다가 나를 보고 환한 웃음으로 손짓을 한다. 니 하오! 함께 흔드는 나의 손끝으로 해맑은 햇살 한 줄기가 무지개로 걸리는 게 느껴진다. 저만치 마을 어구의 늙은 느티나무가 천수관음으로 보인 것도 그때였다.

꿈꾸는 혁명

새가 속이 빈 뼈를 가지고 있는 것은
혁명을 꿈꾸기 때문이다
꽃이 절명의 순간에 흙을 껴안는 것도
혁명을 꿈꾸기 때문이다

용정의 뒷골목
허름한 식당 벽 한쪽에 걸린
체 게바라의 예리한 눈빛이
혁명을 꿈꾸고 있는 것처럼

김명옥

　김명옥은 해당화 식당 복무원이다. 낭창낭창한 목소리로 '아침이슬'을 불러주던 김명옥. 두 번째 만났을 때 와 자주 안 오시느냐고 친정 오래비라도 만난 듯 민얼굴로 내 손 덥썩 잡으며 눈투정 환한 웃음 피워내던 김명옥. 손님들 하나둘 자리를 뜨고 식당안이 조자누룩해진 시간, 우리 일행도 마지막 문을 나설 즈음 문 앞까지 나와 보르르한 눈빛으로 바라보던 김명옥. 미음돌 듯 하마 눈물이라도 맺혔을까. 막 새바람 같은 숨결이 자꾸만 보근보근 밟히는 연변의 밤을 가슴 들렁들렁하게 했던 김명옥. 김명옥은 조선민주주의인민공화국 국민이다.

이방인의 길

이 나이에 벌써
때때로 이름과 얼굴이
일치하지 않는다
변산반도에서 만난 꽝꽝나무
누구시더라, 얼른 이름이
떠오르지 않아 한참 망설였던 것처럼
몇 차례나 오갔던
옌타이의 뒷골목 건물과 간판
이름이 아직도 헷갈린다
삼십사도 옌타이 꾸냥에 취해
방황하듯 때때로
이름과 얼굴이 일치하지 않는
이방인의 한 시대 쓸쓸한 길을
술보다 독한 밤안개가
점령군처럼 밀어닥친다

智凇이 내게 이르기를

1. '그작저작'과 '물짜다'

전라도 말에 '그작저작'이란 말이 있다. 물론 국어사전 어디에도 없는 이 말은 표준어로 그럭저럭의 뜻인데 '적당히' '성의 없이' '대충대충' 또는 '아무렇게나' 정도에 해당하는 부사이다. 그리고 '물짜다'의 경우 '우수하지 못하다' '별로 가치가 없다' '형편없다'를 포함하여 '(물건의 질이) 나쁘다'는 뜻의 형용사로 사물이나 사람에게 두루 쓰인다. 두 말 모두 긍정적인 면보다는 부정적인 의미가 더 강하다.

詩作 태도에 있어 가장 으뜸으로 경계할 일이 바로 이 '그작저작' 쓰는 마음과 '물짠' 작품의 생산이다. 물론 사람으로 태어나 한 생을 살아가면서 '그작저작' 살아서도 안되고 '물짜게' 생을 마감해서도 안되겠지만 시 쓰는 일이 業이거나 道이거나 아님 업도 도도 아닐지라도 시 쓰는 일에 일단 발을 담갔으면 단 한 편을 쓰드래도 '그작저작' 써서 '물짠' 글 남길 양이면 아예 처음부터 시의 바다에 발 담글 생각일랑 하지 말았어야 할 일이다.

다시 말해서 기왕에 시 쓰는 일에 매달렸으면 그것이 업도 도도 아닐지라도 더더욱 업이거나 도일 경우 오체투지

하는 용맹정진의 치열한 시정신을 보여줌이 마땅하다.

과거 내가 죽어도 하기 싫었던 일 중에서 하나는 교수 초년병 시절 학장, 총장 글 써주는 일이었다. 그래서 행사 때마다 내가 써준 글읽기가 끝나면 나는 속으로 '代讀'을 붙이곤 남모르게 씨익 웃곤 했는데, 내가 〈죽어도 하기 싫었다〉고 말한 이유는 글을 써달라고 할 때 〈적당히〉〈끌적끌적〉〈금방 몇 시까지〉〈시인이니 그 정도는〉 따위의 말 때문이었다.

또 하나. 내가 제일 싫어하는 사람으로는 세 가지 타입이 있는데 첫째는 약속 시간보다 먼저 다방에 나와 구석진 자리에서 잠깐 사이에 시를 세 편 썼네, 다섯 편 썼네 하며 자랑하는 사람이고, 둘째는 술집에서 술만 마셨다 하면 〈나 이상 시 잘 쓰는 놈 있으면 나와 보라〉는 식으로 자아도취에 안하무인까지 곱배기로 버르장머리 없는 덜 떨어진 〈물짠〉 시인이다. 셋째는 남에게 닭살 돋게 하는 사람이다. 어느 날 호프집에서 만난 젊은 시인이 하소연을 하는데 실명까지 밝히면서 후배 문인에게 대하는 언행 때문에 얼마나 불쾌했는지, 그리고 자기와 뜻이 맞지 않은 사람은 적으로 간주하고 온갖 험담을 늘어놓는 바람에 어찌나 닭살이 돋든지 그 사람만 생각하면 밥맛이 뚝 떨어질 정도인데 자기뿐만이 아니라 주변 동료 문인들도 동감이더라는 것이다. 그런데 세상을 살아가면서 이제 와 곰곰히 생각해보니 이 세 부류의 사람들은 모두 내게 他山之石의 스승이 되었다.

그래서 이르노니, 행여 '그작저작' 써지지 않았는지, 그리하여 '물짠' 것을 '시' 라는 이름으로 발표하지 않았는지 늘 스스로를 경계함에 게으름이 없어야 할 일이다. 행여 '그작저작' 써질 양이면 쓰다가도 금방 두엄밭에 깊이 묻어 둘 일이며, 다 씌어진 작품이 '물짤' 양이면 아예 갈기갈기 찢어 아궁이에 처넣을 일이다. 오늘날까지 삶이야 '그작저 작' 살아오지는 않았으니 후회는 없지만 그놈의 시가 무엇 이라고 한 편을 써도 제대로 쓰지 못할 양이면 차라리 안 쓰는 게 낫지 살면 얼마나 더 산다고 '물짠' 시 때문에 그리 고 어쩌다가 운 좋게 빈 말이라도 잘 썼다는 말 때문에 사 람 됨됨이까지 '물짜게' 되어서야 쓰겠는가.

또한 이르노니 앞서 예를 든 세 부류와 같은 사람들과는 아예 만나지도 말고 상종하지도 말며 생각지도 말 일이다. 모름지기 문인의 자세는 겸손해야 하고, 위로는 선배 잘 모 시고 아래로는 후배들 격려하며 사랑할 줄 알아야 하느니, 자기와 문학관이 다르고 사상이 다르다고 함부로 내치거나 매도해서는 안된다. 현실을 직시하고 통찰하되 흥분하거나 투사연 하지 말아야 한다. 남들이 벌여놓은 굿판에 끼이지 못해 안달하지 말고 남이 까분다고 덩달아 깝죽대지도 말 아야 한다. 혼자는 외롭지. 그러나 철저하게 고독해보지 않 은 사람은 좋은 시를 쓸 수 없다. 驚天動地할 시를 써야겠 다는 허황된 욕심을 버리고   오직 내 안의 나와 마주보며 뜨거운 눈물을 흘릴 때 그때에야 비로소 영혼의 눈으로 시 를 볼 수 있음을 명심하거라.

2. 시인은 죽고 시가 살아야

언젠가 시인들의 모임에서 내가 〈시인은 죽고 시가 살아야 한다〉고 말했더니 그 자리에 참석한 시인들의 표정이 모두 찜찜해 했다. 시인이 죽어야 한다? 그러면 시는 누가 쓰고? 그렇지. 참말로 시인이 죽어버리면 시도 없지. 그렇지 않아도 이 험한 세상을 정화하기 위해 일부 잡지들은 서로 앞다투어 매월 매 분기마다 한번에 서너 명, 대여섯 명씩 신인상이라는 이름으로 이 땅을 시인공화국으로 만드는 거룩한 역사를 일구어가고 있는 판에 감사하지는 못할 망정 시인이 죽어야 한다니 얼마나 기가 차는 망발인가.

시인은 죽고 시가 살아야 한다는 말은 마르틴 하이데거의 글을 읽고 내 나름대로 터득한 시의 본질이다. 하이데거가 1950년 10월 7일 뷜러회의에서 「언어는 말한다」(Die Sprache spricht)라는 제목으로 독일의 시인이자 문예학 교수 막스 코메렐을 위한 추모 강연을 하면서 27세의 아까운 나이로 요절한 게오르크 트라클(Georg Trakl)의 시를 인용한 적이 있다. 그 시는 이렇다.

창문에 눈이 내린다.
은은히 울리는 저녁 종소리.
많은 식구 식사가 마련되면
집안은 풍성거린다.

더러는 집 떠난 길손들
어둠의 오솔길 따라 문간에 이르면
大地의 차가운 물기 머금고
황금빛 은총의 나무꽃은 피어 있다.

길손 가만가만 들어서면
돌로 굳어진 문턱이 있다. 아픔 탓이다.
이때 쯤이면 더 없이 환한 불빛이 어른거리고
식탁에는 빵이며 포도주가 있다.
　　– 게오르크 트라클「겨울날 저녁」(전광진 역,『하이데거의 詩
　　　論과 詩文』, 탐구당, 1979)

　하이데거는 이 시를 인용한 다음 이렇게 말한다. 〈트라클
이 시인이라는 점은 이 자리에서는 이제 중요한 문제가 아
니다. 시 한 편이 제각기 크게 성공한 다른 경우와 다를 바
없듯이 말이다. 시 한 편을 제대로 썼기에 시인의 사람됨이
라든가 이름을 부인 할 수 있을 만큼 되어야만 제대로 쓴
시의 참된 값어치가 빛난다고 하겠다.〉 그러면서 하이데거
는 주어진 강연 시간을 모두 트라클의 이 시를 분석하는 데
바쳤다. 그리고 그는 〈언어는 말한다. 언어가 말한다고 하
는 것은 말한 내용 가운데서 말한다는 뜻이다. 우리를 찾아
서〉라고 결론을 맺고 다시 한번 「겨울날 저녁」을 낭송하는
것으로 강연을 마친다.
　시인이라는 사람들은 얼마나 '딱딱하게 굳어진 습관이라

는 껍질' 속에 갇혀 있는가. 하이데거는 시인들에게 이 '껍질'을 먼저 벗기라고 주장한다. 그래야만 「언어는 말한다」는 명제를 터득할 수 있고, 이 명제를 터득했을 때 좋은 시(하이데거 식으로 말하면 '제대로 쓴 시')를 쓸 수 있기 때문이다. 물론 좋은 시와 나쁜 시가 따로 있는 것이 아니라 좋은 시와 그렇지 않은 시가 있을 뿐이다.

언젠가 '한국 현대시 감상' 시간에 수강생들에게 시인의 이름을 뺀 작품만을 나누어주고 감상하게 한 적이 있었다. 교과서식 시 공부에 맛들여진 대학생들의 입장에서 다양한 시들을 접한 만큼 생각도 다양하고 토론도 진지했다. 그리고 특기할 만한 사실은 그 시를 쓴 시인이 누구냐에 얽매이지 않은 채 자유자재로 감상할 수 있었다. 즉 이런 시간을 갖기 전, 시 감상 레포트를 해올 때마다 약방의 감초 격으로 해당 시인의 약력과 시집, 수상 경력, 평론가의 평을 붙이곤 (그것도 대부분 인터넷에서 그대로 퍼온 것으로) '그러니까 이 시인의 시는 무조건 다 좋다'는 폐단이 없어졌다.

또 한번은 '올해의 좋은 시'에서 시인과 그 시를 뽑은 사람의 이름을 지우고 시 감상을 시키면서 그 시가 '좋은 시'로 뽑힌 이유가 타당하다고 생각되는지에 대해 토론을 하게 한 다음, 다시 레포트로 제출하게 한 적이 있었는데 나는 그날 수업시간을 이렇게 썼다.

오늘 3교시 수업시간에, 현장 비평가가 뽑았다는, 올해의 좋은 시를 읽혔다. 학생들 왈, 시시비비, 어떤 시는 시고 어떤

106

시는 비시란다. 꿈보다 해몽이 좋다고, 시보다 해설이 죽여준
단다. 나는, 시는 사기다! 라고 말했다. 가, 곧 정정했다. 시즉
비시요 비시즉시이니, 시는 사기가 아니다. 라고, 시는 사기
너머 가지 끝 우듬지에서 묘하게 눈꼬리 치켜 뜬 까마귀 같은
녀석이라고, 점잖게 정정했다. 늦가을 빗줄기가 강의실 창을
때리며 참말로 까마귀 울음소리를 냈다. 시는 사기다! 시는
사기다! 붉은 띠 두른 한 무리 까마귀떼가 구호를 외치며 우
우우 몰려가는 것이 보였다.
  ─「시는 사기다?」 전문

  이 시가 발표된 뒤 평론가 노창수는 〈화자는 비평가가 뽑
았다는 '올해의 좋은 시'에 대하여 학생들의 적나라한 지적
에 묵시적으로 동의하고 있다. '올해의 좋은 시'를 까마귀
의 '치켜 뜬 눈'을 통해 비판하는 관점이 설득력 있게 다가
온다. 그게 숨길 수 없는 현 시단의 현실이기 때문이다.(중
략) 문제는 좋은 시를 선정하기에 앞서 시인이 이미 각인되
어 選者의 앞을 가리는데, 흔히 교수 출신, 특정 문학상 출
신, 서울에서 활동하는 시인 등이 그 대상이 된다.〉고 동감
을 표시했다. 이어서 그는 〈이처럼 비평가의 좋은 시 선정
에 각인된 인물이 선입견으로 작용하는 일은 비일비재하여
많이 읽히라고 선정한 '좋은 시'가 결국 특정 그룹들을 대
상으로 하는 '특정시'가 되고 있는 현실이다. 그것이 바로
背景主義 즉 그림자 효과(shadow effect)라는 것〉이라고
평했다.

다시 원점으로 돌아가 하이데거의 말을 한번 더 음미해 보자. 〈시 한 편을 제대로 썼기에 시인의 사람됨이라든가 이름을 부인 할 수 있을 만큼 되어야만 제대로 쓴 시의 참된 값어치가 빛난다.〉 나는 하이데거의 이 말에서 '시인의 사람됨'까지 부인하는 것은 인정하고 싶지 않다. 차라리 시는 좀 특출하지 못하더라도 사람다운 사람이 더 낫다. 시는 제법 잘 쓴다는 소리는 듣는데 사람 됨됨이가 못되었으면 그 시는 그야말로 사기다. 그래서 나는 하이데거의 말을 이렇게 정정하고자 한다. 〈시 한 편을 제대로 썼기에 시인의 이름을 부인할 수 있을 만큼 되어야만 제대로 쓴 시의 값어치가 빛난다.〉 그래서 나는 〈시인은 죽고 시가 살아야 한다〉고 주장하는 것이다. 호랑이는 죽어 가죽을 남기고 사람은 죽어 이름을 남긴다지만, 그 '이름'에 너무 현혹되지 말거라. 시를 너무 우습게 보지 마라. 시는 존중되어야 하는 정신의 표현이다. 그러니 혹시라도 이름 갖고 까불지 말고, 건방떨지 말고, 조급해 하지 말고, 오직 시 앞에 겸손할 일이다. 알아들었느냐? 시를 쓸 때마다 내 말 명심하거라. 자, 오늘은 이쯤해서 마치자꾸나. 부디 나 죽기 전에 '제대로 쓴 시' 한 편만이라도 보여준다면 더 이상 무얼 바라겠느냐.

1945년 음력 10월 26일 양천 허씨 집성촌으로 마을 전체
가 배산임수 남향인 전라남도 순천시 조례동 659
번지에서 부친 허병(許柄) 모친 신엽덕(申葉德)
사이의 2남 2녀 중 차남으로 태어남. 다섯 살 때
할아버지 등에 업혀 큰댁 할아버지가 훈장으로
계신 서당에 가 천자문을 배우기 시작하여 여덟
살까지 한문을 수학하다가 아홉 살 되던 해 당시
수리조합 측량 기사이신 부친이 호적상 한 살 낮
춰 광주 서석초등학교에 입학시킴.

1959년 광주 서석초등학교를 졸업하고 광주 남중학교에
입학. 문예부장과 방송부장으로 활동하면서 각종
백일장과 웅변대회에 참가함. 당시 시조시인 정
소파 선생님과 소설가 박진철 선생님으로부터 지
도를 받음.

1963년 광양으로 발령난 부친을 따라 다시 고향으로 돌
아가 순천고등학교에서 문예부장을 맡음. 당시
『현대문학』에 등단하신 시인 문병란 선생님으로
부터 본격적으로 시를 배우기 시작하면서 「시크
라멘」이라는 문학동인회를 결성하고 직접 필경
한 등사판 동인지도 만들면서 시화전을 여는 등
문청으로서의 열정을 쏟음. 집에서 학교까지 10
리 길을 걸어다님.

1965년 전기 대학 입학 원서를 고려대 국문과와 중앙대
국문과 두 곳에 넣었으나 중앙대가 고려대보다

먼저 합격자 발표를 하는 바람에 중앙대 국문과 장학생으로 입학함. 국문과 동기생들을 중심으로 「정오」문학동인회를 결성하고 김상선 교수님과 김영수 교수님으로부터는 평론을, 조병화 교수님으로부터는 시를 배우며 매주 치열한 합평을 가짐. 민윤기 동인이 맨 먼저 『시문학』으로 등단함.

1967년 ROTC에 지원, 훈련을 받다가 영장이 나와 3학년 등록을 포기하고 순천으로 돌아가 시내에 있는 청맥다방에서 서라벌예대에 재학 중이던 양재영(서양화가)의 도움을 받아 소위 '입대 기념 시화전'을 1주일간 가짐. 이때 서정춘, 오순택 시인과 날마다 어울림. 시화전을 마치고 8월 17일 광주 31사단에 입대함.

1970년 6월 강원도 양구의 221보안부대에서 만 3년 만에 제대함. 군 복무 중 「전우신문」을 통해 시를 발표함. 김신조씨 덕분에 제대가 예정보다 6개월이 늦어져 복학 기회를 놓친 데다 설상가상으로 퇴직하신 부친의 사업 실패로 가정 형편까지 어렵게 되어 전남산경신문사 기자를 하다가 4H 지도자 과정 교육을 받고 본격적으로 농사를 지음.

1972년 중앙대 국문과 이명재(평론가) 교수님의 적극적인 권유에 힘입어 농사 지어 모은 돈으로 3학년에 등록하고 다시 공부를 시작함. 중대신문 현상문예에 「제대병」 당선함.

1973년 2학기에 전남 함평군 학다리중고등학교로 교생 실습을 나갔다가 그곳에서 교사로 임용되어 국어 선생 생활이 시작됨. 『월간문학』에 시 「예맞이」를 발표하면서 작품활동을 시작함.

1974년 대학 입학 10년 만에 졸업하고 이듬해까지 학다리고 교사로 재직하다가 1976년부터 1982년 2월까지 광주 석산고, 숙문여고, 숭일고, 목포 혜인여고 등에서 국어선생을 함. 그 사이 광주 대성학원에서도 있었음.

1976년 호남시조백일장에서 시조 「조국강산」이 장원으로 뽑힘.

1977년 광주송원전문대학에서 1년간 교양국어 강의함.

1978년 김희(金喜)와 결혼. 월간 『아동문예』에 동시 「나무와 나뭇잎」외 1편으로 천료되어 동시도 쓰기 시작했으며, 제1시집 『청명』(평민사)을 발간하고 광주 YMCA 강당에서 출판기념회를 가짐.

1979년 강인한, 고정희, 국효문, 김종 시인과 함께 『목요시』 동인회를 결성함. 그 후 송수권, 김준태, 장효문 시인이 동참하면서 매년 동인지를 발간하였으나 80년 광주민주화운동을 직접 겪은 몇 년 뒤 해체됨. 『원탁시』 20집부터 원탁시회에도 가입하여 지금까지 동인으로 활동하고 있음. 제2회 소파문학상 수상. 장남 일현(日炫) 출생.

1981년 차남 일후(日厚) 출생. 전남문인협회 총무간사.

1982년 국립 목포대학교 신문사 편집국장으로 발령받아 목포로 이사함.

1983년 숭전대학교 대학원 국어국문학과 수료(문학석사).

1984년 목포대학교 교수 채용시험에 합격, 국어국문학과 전임강사로 교수생활이 시작됨. 정신문화연구원에서 신임교수 연구과정 교육을 마침. 제2시집 『풀잎이 하나님에게』(영언문화사) 발간. 창작과 비평사의 17인 신작시집 『마침내 시인이여』에 참여함. 제1회 목포와이즈맨 예술봉사상 수상. 제7회 전남문학상 수상.

1985년 목포대학교 신문사 주간을 맡음. 제3시집 『모기장을 걷는다』(오상출판사) 발간.

1987년 목포시청 『목포시사』 편찬위원. 제4시집 『입맞추기』(전예원), 수필집 『오매 달이 뜨는구나』(오상출판사) 발간.

1988년 1월 아시아시인회의 참석(자유중국 대중시). 제5시집 『供草』(문학세계사), 제6시집 『이 어둠 속에 쭈그려 앉아』(종로서적) 그리고 첫 평론집 『시와 역사인식』(열음사)을 한 해에 발간함.

1990년 서울음악제와 수원시립합창단 정기연주회에서 시 「있으라 하신 자리에」(김정수 작곡)가 합창곡으로 불리어짐. 민간단체인 〈우리문학기림회〉(회장 이명재 중앙대 명예교수, 평론가) 회원으로서

목포지역 작고 문인 박화성, 김진섭, 김우진과 영
광지역 작고문인 조운, 조희관 문학비 세움. 한국
예술공보협의회 이사. 한국크리스챤문학가협회
이사. 제5회 평화문학상, 제34회 전라남도문화
상(문학부문) 수상. 연구서『우리시와 종교사상』
(이운룡, 김종 공저. 김향문화재단) 발간.

1991년 목포대학교 학생어학연수단장 자격으로 1개월간
중국 옌타이대학과 연변대학 방문. 제2회 민족문
학심포지엄(북경, 연변) 참석. 홍콩에 본부를 둔
「세계화문문학협회」 회원으로 추천됨. 목포
YWCA 문예창작반 강의.『월간문학』 출신 시인
모임인「미래시 시인회」 회장. 중앙대학교 현대문
학회 부회장. 계간『우리문학』 편집위원. 일본 교
문관 간행『한국 크리스챤 39인 시집』에 시「풀잎
이 하나님에게」 수록. 제9회 한국크리스챤문협상
수상. 제7시집『진달래 산천』(황토) 발간.

1992년 한국문인협회 감사. 계간『우리문학』 상임위원
및 추천위원. 전라남도 문화예술진흥 장기종합계
획 자문위원. '92 춤의 해 행사 일환으로 개최된
제1회 전국무용제(부산문화회관 대강당)에서 정
영례 무용단에 의해 시「도라지, 그 산천」이 무용
작품으로 공연됨. 목포시립합창단 제15회 정기발
표회에서 시「목포아리랑」이 합창곡으로 발표됨.
광주시립합창단 정기공연(광주문예회관)에서 시

「있으라 하신 자리에」가 합창곡으로 발표됨. 해
군 제5778부대가인 「제3방어전단가」 작사로 부
대장(최낙성 준장)으로부터 감사패 받음. 제2회
우리문학작품상 수상.

1993년 성신여자대학교 대학원 국어국문학과 박사과정
수료(문학박사). 제2차 국제 한국학 및 비교학 학
술회의(벨기에 루벤가톨릭대학교)에서 논문 「한
국의 시인 김영랑」 발표. 아시아시인대회 기획위
원. 평론가 김현 문학비 건립위원. 목포시 시정발
전연구위원. 목포교도소 교화위원. 대만 격월간
시지 『笠』에 작품 소개. 시선집 『새벽』(대정진) 발
간.

1994년 제4회 편운문학상 우수상 수상.

1995년 국립교육평가원 대학입학 특기자(문학 분야) 심
사위원. 전라남도문화상(문학) 심사위원. 전라남
도교육연수원 강사. 목포시 근로청소년복지회관
강사. 일본어판 『日韓前後100人詩選集』(일본 靑
樹社)에 작품 소개. 제8시집 『풀무치는 무기가 없
다』(책 만드는 집) 발간.

1996년 목포대학교 인문과학대학장 겸 교육대학원장. 국
제펜클럽 한국본부 남북문학인교류위원회 위원.
전라남도 개도100주년기념사업 자문위원. 전라
남도문화상(문학) 심사위원. 목포100년사 편찬위
원 및 집필위원. 목포시 청소년수련관 심의위원.

목포시 사회근로복지관 강사. 신안군 여성지도자
강사. 한국문인협회 무안지부 고문. 전라남도 문
화예술진흥위원회 위원. 연구서『영랑 김윤식 연
구』(국학자료원) 발간.

1997년 성신어문학연구회 자문위원. 목포개항100주년기
념사업 추진위원. 목포시립도서관 운영위원. 전
라남도 문화예술진흥위원회 위원. 전라남도 여성
회관 강사.

1998년 국제펜클럽 한국본부 이사. 국어문화운동본부 자
문위원. 사단법인 목포백년회 상임위원. 목포시
문화예술회관 운영자문위원.

1999년 시안사 주최로 열린 국제 문학세미나(중국 연길
시 대우호텔)에서 논문「재중국 동포시인의 시의
식」발표. 계간『시와사람』편집인. 목포대학교
평생교육원 현대시반 제자들의 창작열을 돋구어
주기 위해 동인지『살아있는 시』를 창간함. 중앙
어문학회장. 제9시집『비 잠시 그친 뒤』(문학과
지성사) 발간.

2000년 목포대학교 중등교육연수원장.『원탁시회』대
표. 계간『시와사람』여름시인학교장. KBS목포
방송국 시청자위원. 제7회 한성기문학상 수상.

2001년 우리문학기림회와 연변인민출판사가 공동 주최
한 '항일 시인 심연수문학 국제심포지엄'에서 논
문「심연수 시의 의미와 특성」발표. 목포시의 위

촉에 의해 6개월에 걸쳐 전 10장으로 완성한 칸
타타 「목포여 영원하라」(임평룡 작곡) 창작 발표
회가 전라남도 신도청 기공 기념 축하 음악회로
목포문화예술회관에서 성대하게 열림.

2002년 작품 「동전 한 닢」이 초등학교 6학년 국어 교과
서에 수록됨. 8월부터 중국 산동성 옌타이대학
교환교수로 가 「한국현대시의 흐름」을 강의하면
서 산동대학, 청도대학, 옌타이사범대학, 산동대
위해분교 등에서 특강을 함. 청도 한국 영사관과
산동대학에서 주최한 한국어 웅변대회와 한국어
글짓기 대회 심사위원장을 맡음. 옌타이대학 명
예교수가 됨. 국제 3대 인명기관인 영국 IBC의
인명사전에 "세계의 시인"으로 등재. 경남 하동
문화예술회관에서 「지역문학인회」를 창립하고
송수권, 나태주, 강희근 등과 함께 공동 좌장이
됨. 제10시집 『영혼의 눈』(문학사상사) 발간. 편
저『문병란 연구』(김종 공저. 시와사람사) 발간.

2003년 계간 『시와사람』 편집자문위원. 중국 연변대학
예술학원에서 열린 한국, 북한, 중국 등 국제학
술토론대회에서 사회를 맡아 진행함. 중국 장춘
과 길림에서 발간되는 문예지 『장백산』, 『도라
지』 그리고 연길에서 발간되는 『연변문학』, 『연
변녀성』에 작품이 집중 소개됨. 부산시교육청 주
관 한국독서인증시스템개발 자문위원. 사단법인

한중문화협회 목포지부 지도위원. 목포경찰서
보안지도위원. 제1회 월간문학동리상 수상. 중국
어 번역시집 『許炯万詩賞析』(정봉희 번역), 편저
『오늘의 젊은 시인읽기』(시와사람사) 발간.
2004년 지역문학의 활성화와 시사랑 운동 그리고 시창
작 지도 및 학문적 지원을 위해 7월 1일 목포시
산정동 근화밀레니엄아파트 상가 5호실에 「목포
현대시연구소」를 설립하고 개소식을 가짐. 이어
9월부터 15주간 제1기 시인학교를 운영함. 중국
길림성 장춘시 대화호텔에서 열린 2004한중 학
술세미나에서 논문 「심련수 시 연구」 발표. 한국
예술가곡연합회 2004신작가곡연주회에서 시
「봄날」(김현옥 작곡)과 한국100인창작음악연합
회 제1회 신작가곡연주회에서 시 「꽃이 피면 눈
물겹다」(임준희 작곡)가 가곡으로 불리어지고 이
어 광주 양림교회 창립 100주년 기념음악회에서
시 「있으라 하신 자리에」(이종만 작곡)가 칸타타
로 불리어짐. 남도평화문화재단 자문위원. 제23
회 스승의 날에 부총리 겸 교육인적자원부장관
표창. 용아 박용철의 전집 중 시집을 주해한 『박
용철전집-시집』(깊은샘) 발간.
2005년 중국 길림대학에서 개최한 한중 학술세미나에서
좌장을 맡음. 영국IBC에서 "세계100대교육가"
로 선정. 제2회 순천문학상 수상. 회갑을 맞아 제

11시집 『첫차』(시안 황금알) 발간. 현재 목포대학교 인문과학연구원장. 현대문학이론학회 회장. 중앙어문학회 평의원. 한국시문학회 부회장. 한국독서교육학회 부회장. 한국시학회 출판이사. 한국언어문학회 전공이사. 『시를 사랑하는 사람들』 공동주간. 한국시인협회 심의위원. 한국예술가곡연합회 부회장. 한국100인음악회 심의위원. 사단법인 고향사랑회 편집주간. 사단법인 목포백년회 상임위원. 목포경실련 집행위원. 사단법인 4·19문화원 자문위원.